子ども 詩のポケット 40

しあわせのこおろぎ

わたなべ ゆうか

しあわせのこおろぎ

もくじ

そらのシール

しあわせのこおろぎ

とけいのあいさつ

あらし

ぎょこう

そらのシール

そらのシール

あさひを　さっと
はがしたら
きのうの　あなに
ゆうひがみえた

まひるの　ちいさな
かぎあなに
しろい　みかづき
はりつけた

ゆうひを　そっと
はがしたら
あしたの　あなに
あさひがみえた

よぞらの　おおきな
こげあなに
きんの　まんげつ
はりつけた

ぼうえんきょう

つきのでんきに
ひがともる

ガラスのたまの
おつきさま

だれかがなげた
こいしがあたる

パリンとくだけた
おつきさま
とびちるかけら
ながれぼし
かけて　うつろう
ガラスだま

りゅうせいぐん

このよる
うんがよけりゃ
と　かみなりさま
ぼくらのしごとは
ひとやすみ

じめんにねころび
じぶんのへそでも
だしてみる

たいこをまくらに
そらをみるのも
いいものさ

よあけまで
ししざさまの
はなびたいかい
めったにみられた
もんじゃない

このよる
すっかり　くもがない

きらきら

よるのでんしゃは
いもむしでんしゃ
くらいののなか
たはたをはしる

まどはまたたく
はねもよう
やみにはばたく
あげはちょう

よるのでんしゃは
とんでいく
てっきょうこえて
ぎんがへ　つきへ

くものマーチ

おとのないメロディーが
ながれていく　くものマーチ

おしゃべりもせず
わきめもふらず

まえへ　まえへ　すすむ
ただ　ただ　すすむ

かぜのリズム
たぐるしらべ

おとのないメロディーが
ながれていく　くものマーチ
きざまれる　おんぷに
みみをすます

つきのいろ

しろいつき
みて　めをこする
うさぎとびこむ
やぶのなか

あかいつき
みて　かぜにのる
とんぼがまわる
くさのはら

ぎんのつき
みて　ふりかえる
いたちのおやこ
はしのうえ

あおいつき
みて　おもいあう
ひとみをてらす
あいのいろ

しあわせのこおろぎ

しあわせのこおろぎ

ちゃいろいだけの
ぼくなのに

はねをこすりあわせる
だけなのに

「あっ　こおろぎがないてるよ」
ってきみ　いってくれたね

「ああ　あきがきたんだね」
ってきみ　にっこりほほえんで

こんなにしずかな
おとなのに

こんなにちっちゃな
ぼくなのに

あのこ

みちで　かえると
めがあった
くりっくりの
くろめだま

ぼくを　じーっと
みつめてた
ちょこんとこくびを
かしげてた

きみどりいろの
あのこはどこへ
また
あえる

きっと　であうに
きまってる
ぼくは　かえるに
こいをした

ぬえ

くらくなるとやってくる
まきのきのてっぺんにやってくる
おしっこにいくとやってくる
うらのたんぼにやってくる
ふとんにはいるとやってくる
となりのやぶにやってくる
ギャーギ　ギャーギ
それは　ぬえ　さ

ばあちゃんが
いっていた

あたまはサル　からだはタヌキ
てあしはトラ　しっぽはヘビ

ギャーギ　ギャーギ
そんなかいじゅうにようはない

もうねますから
あしたはいいこにしますから

よるのむこうで
トラツグミがないている

みみず

はたけのなかの
どろにまみれたくらし
やっと　はいでた
みちのうえ

さっきまで
ぴるん　ぴるん
してたのに
もう
カピ　カピ

六月のたいようのした
かえるがペロリと
つぶやいた

みみずのひもの
やいてくえるか

しずく

あめあがりのみちで
ちいさなしろいてが
じめんにはりついていた

ぼくのさいごは
とびちった
ミルクのしずくのように

ひらいたほそいゆびは
アスファルトをにぎりしめて
まわたいろにひかる

ぼくのさいごは
せんこうはなびの
さいごのひばなのように

ぼくは　カエルでした

きじ

やぶでなく
ひながなく
ヒューとだけ
　あさひがのぼる
　まえのあさ

よるでなく
あさでなく
めがさめる
　はじまるときの
　まえのとき

うめがさき
ももがさき
かぜがふく
　さくらのはるの
まえのはる

カエルのおくりもの

アリさんには
　クローバー
トカゲさんには
　ササのは
ネズミさんには
　きのこ

あめのひには
　とれたてのかさをどうぞ

とけいのあいさつ

なかよし

だいすきって
おおきなこえでいったら
もっと
だいすきになった

にっこりわらったら
だいすきが　だっこしてくれた
てをつないであるいたら
だいすきが　キスしてくれた

ぜんぶ　ぜんぶ　だいすき
ずっと　ずっと　なかよし

おやすみなさいって
めをとじたら

ゆめが
ほかほかになった

くつ

いしころ　けるくつ
かるいくつ

いつも　ごめんなさいが
いえなくて
がっこうへ　いくくつ
おもいくつ

いしころけるくつ
しろいくつ

きのうは　おはようって
いえなくて
がっこうへ　いくみち
とおいみち

いってきますあすって
おおきなこえで

けさは　とんでく
かけていく
たったか　とっとこ
うたうくつ

とけいのあいさつ

あさです
とけいは　ろくじです
はりとはりとが
まっすぐたって
きをつけします
「おはようさん」

ひるです
とけいは　じゅうにじです
はりとはりとが
かさなって
てとてをあわせて
「いただきます」

よるです
とけいは　くじじゅうごふん
はりとはりとが
よこになったら
ねるじかん
「おやすみなさい」

まつぼっくり

あめふる　はまべの
まつぼっくり
まつかさとじて
まちぼうけ
まつかぜ　たつかぜ
まってるぜ

ひのてる　はまべの
まつぼっくり
まつかさひらけ
たねとばせ
ぽっくり　ぱっくり
そりっくり

あめふる　ゆうべの
まつぼっくり
まつばっかりの
まちぼうけ
まっとけ　ほっとけ
まっくらけ

だいくのだいちゃん

だいくのだいちゃん
つみきのおうち
アヨーイヨイ
ねじりはちまき
うでまくり

だいくのだいちゃん
のこぎりひけば
アヨーイヨイ
いきなはなうた
きやりぶし

だいくのだいちゃん
はしごをかつぎゃ
アヨーイヨイ
おっとどっこい
いさみあし

だいくのだいちゃん
とんかちたたきゃ
アヨーイヨイ
くみきのみうつ
うでがなる

だいくのだいちゃん
かんなをかけりゃ
アヨーイヨイ
きあいたてまえ
おとこだて

だいくのだいちゃん
おべんとうたべて
アヨーイヨイ
ひるねうたたね
ゆめごてん

おまめのおばちゃん

ひとりでおひるね
していたら

ちいちゃい　ちいちゃい
おばちゃんが
とことこ　にこにこ
やってきた

おまめみたいな
かおをして
くしゅっとわらって
こんにちは

おまめのおまめの
おばちゃんと
かくれんぼして
おるすばん

ねえ　ねえ　おばちゃん
もっともっとちいちゃくなって
おてての なかに
かくれてて

そしたらだれにも
みつからない
ずっといっしょに
あそべるよ

こちょこちょ　こちょこちょ
くすぐって
うはうは　あはあは
わらったら

ころころはじけて
とんだので
ぱっくんぺろりと
たべちゃった

ひとりでおひるね
していたら

すずめ

すずめのむすめ
おこめをさがす
さがすおこめは
すずめのなみだ

よくのすずめが
おこめをつつく
つつくすずめは
したきりすずめ

すずめいろどき
おやどをさがす
さがすおやどは
すずめのおやど

たびのすずめが
おこめをつつく
つつくすずめは
きたきりすずめ

※すずめいろどき（雀色時）
ゆうぐれ、たそがれどき

ゆうぐれ

ゆうぐれゆれて
てとてがゆれる
ゆうぐれかかり
かけっこかける
ゆうぐれゆれて
ほっぺがゆれる
ゆうぐれかかり
おなべをかける
ごはんこげたら
みな　こげた

でんしゃがゆれて
つりかわゆれる
でんしゃがとまり
おしゃべりとまる
でんしゃがゆれて
ネクタイゆれる
でんしゃがとまり
いねむりとまる
とうさんこけたら
みな　こけた

あらし

あらし

そんなにおこらないで
あれくるうきみのめを
まともにみられなかった

おもいを
つたえることができたら
わきあがる　きみの
おさえきれないちからを
おだやかなやさしさに
かえられるかもしれない

たいようのような
ひまわりのはなを
なぎたおして
なみだをたたきつけるように
なんども　なんども
とおりすぎていった

やってくるあさは
きっと
つきぬけるような
あおいそら
きみのめは　かがやいて
やわらかな　かぜになる

かめん

いつからか
ぼくらは
たたかいつづけて

たてこもり
ぶそうして
かめんをかぶる

ほんとうのかおは
だれもしらない

おとな　でもなく
こども　でもない

もっとちがうじぶんを
たしかめたくて

とんがって
ぶつかって

ぼくらが　かこいをすて
かめんをとるひ

いつかくる
あした

かがみ

かがみのうえをあるいてきた
こわさないように　そっと

あしもとの　ちいさくちぢまった
わたしをひきずって

つるりとすべるのがしんぱいで
かがみからおりた

いつもじぶんがみえるように
かがみのよこをあるいた

はしりだしたら
なにも　めにはいらなくなった

つまずいて
ガツンとぶつかった
しょうめんのかがみにむきあうと
さかさまのじぶんがそこにいた
かがみのなかで
ここにいるわたしをみていた
そのむこうに
あおいそらがみえた
しろいくもがひとつ
かがみのなかをとおりぬけていった

おもう

この　みのいきるおもいを
そのまま　ゆだねられるひとよ
この　むねのこころのめかたを
その　りょうてですくいとってくれるひと

うまれてきて
りゆうのない　あいをうける
そんな　あたりまえのことが
いのちのすべてであったとしる

やりどころのない　いきをするとき
からだをかきあつめて　ねむるよる
まわたのうえに　ときはなってくれる
そのひとを　おもう

たましいのちから

ぼくのたましいと　きみのたましい
ふたつをこねて　なみだをまぜた
みるみるうちに　すきとおり
あしたのむこうが　みえてくる

まてんろうの　らせんかいだん
ふるえるきみのもとへ
ひゃくまんかいでも　とんでいく
みえないちから

いばしょ

にっこりわらう
よくにたふたり

ふたりはひとり
むきあうひとみ

こころのひだの
かさなるところ

かわ

はしをわたって
かあさんがやってくる

こっちへこないで
むこうぎしへかえって

あのひ　はしはもえてしまった
あのとき　はしはながれてしまった
おかあさん　とよんでみた
もう　はしはなかった

わたしは　じぶんではしをかけた
かあさんは　いつも　そこにいた

かわのむこうで
かあさんがまっている

かさをさして
あかりをともして

あのひ　はしはきりのなか
あのとき　はしはくらやみのなか

おかあさん　とよんでみた
こえは　とどかなかった

わたしは　はしをわたらなかった
かあさんは　ずっと　そこにいたのに

はす

ささやかなこえ
てのひらをあわせるように
あついおもいをつつむ
うすももいろのはなびら

ひそやかなこえ
ゆびをほどきひらくように
ふかいいのりをてんに
ふるえるこのためいき

ぎょこう

ぎょこう

ひさかたぶりに
さかながあがる

みなとのクレーン
こぼれるいわし

つまんでにげる
かもめがとんだ

ねえねえ　ばあば
おんぶして

きいろいながぐつ
ぬげちゃった

あさからみんな
いそがしい

きばこにつめて
うりにいく

てしおにかけた
ひものがならぶ

ねえねえ　ばあば
おはなしきいて

おさかなぜんぶ
たべるから

おにぎり

しんまいのごはん
りょうてでつつんで
きゅっとむすぶ

「ことしのこめはうまいぞー」
じいちゃんは
にやっとわらう
ながしたあせの
かずのつぶ

まっしろいおにぎりを
がぶりっとほおばる
てのなかのちから

おこめのちからが
ぼくのおなかを
あつくする

ぼくのからだじゅう
じいちゃんで
いっぱいになった

ひいばあのかたち

おにぎりみたいに
すわってる

ふわっとして
あったかい

さくっとして
ほっとする

いつもそこにいる
しあわせのかたち

そらへ

おじいちゃんは
はなのたねをまき
やさいのなえをうえた

ことしのトマトは
とくべつ　あまかった

おじいちゃんは
けさ　そらのはたけを
たがやしにいった

しずかなはたけに
コスモスが　さいていた

かきねのまき

まきのきは
たっていた
かりこまれて
かきねになって

からみついた
くものいとに
あさぎりが　ちりばめる
つゆのつぶ

まなつのたいようが
きりをけして
りんとした
いつものみち

あきの　かきねに
そっと　いろづく
あかとみどりの
ふたごのみ

だれか
さがしにいかないか

九十九里　ぼくのまち

きみどりいろの　いねのなみが
はままで　よせているよ

おおきな　おおきな　まきのきは
あおいそらを　くすぐってるよ

このまちで
ぼくのこころは　ピカピカさ
たいらかな　このみちを

ぎんいろの　じてんしゃにのって
うみまで　はしろう

たんぽぽいろの　ゆずのみが
しずかに　ゆれているよ

ふくかぜ　ふくかぜ　よせるなみ
すなにしまもよう　おいていくよ

このはまで
ぼくのこころは　サラサラさ
ゆみなりに　つづくはまべ

ぎんいろの　すなふみしめて
そらまで　あるこう

まちぼうけ

けんどうに
いつものバスが
とまるおと

シュワー
ツピ　ツピ　ツピ　ツピ
トッポリ　トッポリ
　トッポリ　トッポリ

うぅーん
コーヒーの
いいかおり

ケーキのおみやげ
はやくかえってこないかな

D7 G C/G G7
らかなー このみちをー ー
なりにー つづくはまべー ー
C F G7
ぎんいろのじ てんしゃにのって うみまでー はしろう
ぎんいろのす なふみしめて そらまでー あるこう
1. C
2. C
3 3 3

九十九里　ぼくのまち

わたなべゆうか　作詩
酒井　秀光　作曲

かわ

わたなべゆうか 作詩
坂田雅弘 作曲

Animato, con melancolia ♩= 120
poco rall.
a tempo
Female Voice
Piano
p
mp
はしを わたーって かあさんが やってくる
こっちへこ ないで むこうぎしへ かえってー

16
mf
あのひ　はしは　もえて　しまーった　あのとき
mf
21
mp poco a poco cresc.
はしは　ながれて　しまーった　おか　あさーん
sostenuto
mp
26
Meno mosso
f
mp
おか　あさーん　おか　あさ　ん　と
f
L.H. R.H. L.H. R.H.

poco a poco rall.
31
p
よんでみた
もう はしはなかっ
p
36
Adagietto ♩= 66
mf
た
わたしはじぶんで はしを かけた かあさんは いつも
3
mf
40
poco rall.
Tempo I
mp
そこに い た
mp

45
mp
かわの　むこうで　かあさんが　まっている
mp
simile
50
かさを　さして　あかりを　ともして
55
mf
あのひ　はしは　きりの　なか　あのとき
mf

60
mp
poco a poco cresc.
はしは くら やみの なか
おか あ さ ー ん
sostenuto
mp
65
Meno mosso
f
mp
おか あ さ ー ん
おか あ さ ん と
L.H.
R.H.
L.H.
R.H.
70
poco a poco rall.
p
よんでみた
こえは とどかなかーっ
p

75
Adagietto
mf
3
た
わたしははしを
わたらなかった
かあさんは ずーっと
79
poco rall.
Tempo I
mp
poco rall.
そこに ーいたの に
84
Andantino ♩= 80
poco rall.
p
pp
Ped.

あとがき

大きな空の片田舎の、小さな母の詩集です。

この本を手にした子どもたちが、ひとつの詩を声に出して読み、ひとつの詩を暗誦してくれたなら、この上ないしあわせです。

これまでお導き下さった方々、励ましてくれた詩友、友人たち、どんな時も愛を尽くしてくれたすべての家族に、深く深く感謝いたします。

出版にあたり、ご協力、お力添えくださいました皆様に、心より御礼申し上げます。

平成二十二年　七夕月

わたなべ　ゆうか

この詩集を愛するわが子に贈ります。

わたなべゆうか

1960年、千葉県生まれ。日本染織学園織物科卒業。千葉県九十九里町在住。

詩誌「蝸牛」同人を経て、詩誌「かたつむり」同人。

地域での絵本の読み聞かせ活動の他、民謡詩の朗読を試みる。

坂田雅弘（さかた　まさひろ）

1970年、東京都出身。埼玉大学卒業、埼玉県公立高校教諭。
2001年、朝日作曲賞受賞。《碧の会》・《響宴》・埼玉県音楽家協会各会員。
主な作品に、『ソナチネ』（PTNAコンペティション課題曲）
『吹奏楽の為の序曲』（全日本吹奏楽コンクール課題曲）
『少年の頃』（全日本合唱コンクール課題曲）などがある。

酒井秀光（さかい　ひでみつ）

1955年、宮崎県生まれ。尚美高等音楽院電子オルガン科卒業。千葉県茂原市在住。

1979年、ジャズオルガンを求めて渡米。ジャズ等演奏活動を続け地域振興にも取り組む。

成美音楽院学院長。成美学園高等部学園長。ゆめジャズ委員会委員長。

本間千裕（ほんま　ちひろ）

1978年生まれ。東京学芸大学大学院修士課程修了。東京在住。
絵本『ABCブック』（らくだ出版）、『詩画集　いいねこだった』（書肆楽々）
挿絵に『大竹典子童謡詩集　なきむしあかちゃん』（リーブル）
『青木明代詩集　ひるとよるとのとりかえっこ』（てらいんく）

子ども　詩のポケット　40
しあわせのこおろぎ
わたなべ　ゆうか詩集

発行日　二〇一〇年九月九日　初版第一刷発行
著者　わたなべ　ゆうか
装挿画　本間千裕
発行者　佐相美佐枝
発行所　株式会社てらいんく
〒二一五-〇〇〇七　川崎市麻生区向原三-一四-七
TEL　〇四四-九五三-一八二八
FAX　〇四四-九五九-一八〇三
振替　〇〇二五〇-〇-八五四七二
印刷所　株式会社厚徳社
2010 Printed in Japan
 ISBN978-4-86261-078-2 C8392